DREAMWORKS.

EL GATO CON BOTAS

El GATO. Las BOTAS. La LEYENDA.

Por Tina Gallo
Traducción de Alexis Romay

Ilustrado por
Ovi Nedelcu

Simon & Schuster Libros para niños
Nueva York Londres Toronto Sydney Nueva Delhi

SIMON & SCHUSTER LIBROS PARA NIÑOS
Publicado bajo el sello editorial de la División Infantil de Simon & Schuster
1230 Avenue of the Americas, New York, New York 10020
Primera edición en lengua española, 2011
Puss In Boots ® & © 2011 por DreamWorks Animation L.L.C.
Traducción © 2011 por DreamWorks Animation L.L.C. Todos los derechos reservados.

Publicado originalmente en inglés en 2011 con el título *The Cat. The Boots. The Legend.*,
por Simon Spotlight, bajo el sello editorial de la División Infantil de Simon & Schuster.
Traducción de Alexis Romay
Para obtener información respecto a descuentos especiales en ventas al por mayor, diríjase a Simon & Schuster Special
Sales al 1-866-506-1949 o a la siguiente dirección electrónica: business@simonandschuster.com

Cuando era un gatito, me encontraron en la entrada del orfanato de San Ricardo en donde conocí a un niño con forma de huevo llamado Humpty Alexander Dumpty. Humpty me dijo que había soñado con encontrar unos frijoles mágicos. Dijo que los frijoles crecerían en forma de enredadera hasta llegar a las nubes. Ahí vivía un temible Gigante en un castillo con un Ganso Dorado que ponía huevos de oro.

Le dije a Humpty que quería ser parte de su sueño. Desde ese día no fuimos sólo amigos: fuimos hermanos.

De adolescentes, Humpty y yo buscábamos líos. Un día estábamos tirando piedras desde un tejado cuando una de ellas le dio a la puerta de un carruaje y la hizo abrir. Un toro salió del carruaje y embistió a una ancianita que cruzaba la calle. Yo reaccioné por instinto y le salvé la vida a la señora. Ella resultó ser la madre del Comandante.

Gracias a mi coraje, me entregaron un sombrero, una espada y un par de botas. Éstos eran regalos un poco raros para un gato, pero me quedaban *muy bien*.
Un momento había cambiado mi vida.
El mundo se me abrió y prometí no volver a robar.

Mientras la luz en mi camino se hacía más brillante, el sendero de Humpty se volvía cada vez más oscuro. Me engañó para que lo ayudara a robar en el Banco de San Ricardo. Pero la policía nos descubrió y nos persiguió hasta el puente del pueblo. En el puente, el carruaje tropezó con una piedra y voló por los aires. El dinero que Humpty se había robado se perdió para siempre.

Humpty se había caído y no se podía levantar.

—¡Gato, sálvame! —me suplicó mientras llegaba la policía.

Humpty me había traicionado, así que decidí salvarme yo.

Humpty fue capturado y encarcelado. Ese día perdí mi hogar, mi honor y a mi hermano... y me convertí en un forajido.

Deseaba mucho regresar a San Ricardo y pagar mi deuda. Una noche, años después, escuché a unos hombres decir que dos ladrones llamados Jack y Jill habían encontrado los frijoles mágicos de la leyenda. Si pudiera echarles mano a esos frijoles podría pagar mi deuda y abandonar de una vez y por siempre mi vida de crimen.

Rastreé a Jack y Jill. Estaban en un hotel viejo. Tenían una caja de seguridad en la que guardaban los frijoles mágicos. Muy fácilmente podía haberme robado los frijoles y seguir adelante, pero otro gato se cruzó en mi camino. Jack y Jill nos descubrieron y por poco no salgo vivo del hotel.

Perseguí a ese extraño gato por la calle hasta llegar a una cantina. ¡Estaba listo para pelear cuando el gato me retó a un duelo de danza a muerte! Bailamos flamenco, estilo basurero y "el gusano", ¡igualando todos los pasos de cada baile! Entonces la cosa se puso fea. Le pegué a mi adversario en la cabeza con una guitarra.

Él pegó un grito y se quitó la máscara. ¡Y resultó que él era *ella*!

—¡Espere, señorita! ¡Permítame comprarle un poco de *leche*! —grité mientras la seguía a un cuarto de atrás.

De repente, aquello me olió a desayuno.

Y ahí estaba Humpty. Humpty había ideado un plan para conseguir los frijoles mágicos que lo llevarían al castillo del Gigante. Y mi contrincante en el baile, Kitty Patitassuaves, era su cómplice.

Una ladrona experta, Kitty no era tan buena como decían Era *mejor*. Aun así, Humpty necesitaba mi ayuda.

Al principio me negué. Pero luego pensé en pagarle a San Ricardo por el dinero que se había perdido hacía tanto tiempo. Así que acepté.

Primero teníamos que robarles los frijoles mágicos a Jack y Jill. Iban conduciendo su carromato por el Paso del Muerto cuando Kitty y yo muy silenciosamente saltamos al techo y nos metimos en él. Mientras Jack discutía con Jill, Kitty le quitó los frijoles de la mano a Jack.

Humpty, que nos iba siguiendo en su diligencia, la acercó al carromato para que pudiéramos escaparnos. Pero Jack y Jill nos descubrieron.

Jack y Jill nos seguían la pista muy de cerca cuando llegamos a un despeñadero. Kitty y yo le gritamos a Humpty para que detuviera la diligencia. Pensé que era el fin. ¡Entonces Humpty tiró de una palanca y nos dimos a la fuga!

—Castillo del Gigante, ¡aquí vamos! —gritó Humpty.

Encontramos el lugar perfecto y sembramos los frijoles mágicos. ¡Cataplum! La tierra se estremeció y Kitty, Humpty y yo salimos disparados por el aire en una enredadera gigante.

¡Poco después estábamos jugando en las nubes! Kitty y yo nos perseguíamos.
¡Humpty metió su cara en una nube y la cara le quedó cubierta de pelusas
blancas!

—En algún lugar allá abajo —comenzó a decir Humpty— hay dos chicos
pequeños que están acostados en una colina mirando las nubes, soñando
con el futuro. Ésos éramos tú y yo, Gato.

Pronto vimos el castillo del Gigante, pero estaba polvoriento y descuidado, como si nadie viviera ahí. Al acercarnos al Ganso Dorado, escuchamos unos gritos muy furiosos. Yo estaba preparado para pelear contra el Gigante, pero mucho antes éste se había ido. ¡Los gritos provenían del Gran Terror!

Intentamos tomar los huevos de oro y huir, pero eran demasiado pesados. Con el Gran Terror acercándose, a Humpty se le ocurrió un plan B. Nos podíamos llevar al Ganso Dorado. Así tendríamos todos los huevos de oro que quisiéramos.

Pusimos una tirolina y nos deslizamos a través del foso que rodeaba la selva del Ganso Dorado. El Gran Terror nos estaba pisando los talones todo el tiempo, pero al final pudimos escaparnos con el Ganso Dorado.

Esa noche celebramos junto a la fogata del campamento y todo volvía a
estar bien. Ahora podía regresar a casa y pagar mi deuda. Le dije a Kitty que mi
corazón era suyo, y ella me dijo que yo también le gustaba.

Pensé que todos mis problemas habían terminado, hasta que sentí un fuerte
golpe en la cabeza. A la mañana siguiente me desperté completamente solo.
¡Pero reconocí las huellas de Jack y Jill! Les seguí los pasos hasta San Ricardo.
Ahí fue cuando me di cuenta de que Humpty me había traicionado de nuevo.

Humpty le dijo al Comandante que yo era el culpable del robo del banco. Me metieron en la cárcel. Humpty le ofreció el Ganso Dorado al pueblo de San Ricardo en pago por el dinero que habían perdido. El pueblo pensó que él era el héroe.

En la cárcel me enteré de que Humpty había planeado su venganza desde que lo encarcelaron por el robo del banco hacía unos años. Todo esto era parte de su plan maestro. Al día siguiente recibí otra sorpresa: ¡una visita de Kitty! Me dijo que lo lamentaba, y entonces me ayudó a fugarme de la cárcel.

Descubrí que el Gran Terror era la madre del Ganso. Tenía que salvar al pueblo de la destrucción. Lo primero que hice fue buscar a Humpty.

—¡Lleva a su bebé al puente! —le dije a Humpty—. ¡Yo haré que la madre me siga!

Humpty condujo al Ganso Dorado hacia el puente del pueblo en su carruaje, mientras yo guiaba al Gran Terror rumbo a su hijo. Cuando acelerábamos hacia el puente, el carruaje chocó contra el borde y el puente empezó a derrumbarse. El Gran Terror fue a dar al otro lado, cayendo en picada al agua.

Humpty y el Ganso Dorado también volaron más allá de los bordes del puente. Rápidamente agarré la soga que los sostenía mientras se balanceaban sobre el abismo. Pero eran muy pesados. No podía salvarlos a los dos.

Humpty no me permitió elegir a quién salvar: Tienes que entregarle el Ganso a su mamá. Es la única forma de salvar a San Ricardo.

Entonces se soltó.

Elevé al Ganso Dorado y le entregué el bebé a su mamá.
Entonces me incliné buscando a Humpty. ¡Su cascarón se había
roto y bajo la cáscara era enteramente de oro! Humpty parecía feliz,
verdaderamente feliz por primera vez.

El Gran Terror recogió a Humpty del suelo y se lo llevó volando
por los aires.

—¡Por fin voy a casa! —gritó.

Por mi parte, dije adiós a Humpty y a San Ricardo. ¡Pero no le dije adiós a Kitty! Le prometí que nos volveríamos a encontrar pronto.

—Más pronto de lo que esperas —me dijo.

Entonces fue cuando noté que se había robado mis botas. ¡Oh, qué gatita tan pícara!